KB138728

오늘 나를 위로하고 있다

오늘 나를 위로하고 있다

초판 1쇄 인쇄일 2024년　5월　7일
초판 1쇄 발행일 2024년　5월　20일

지은이 권영모
펴낸이 양옥매
디자인 표지혜 송다희
마케팅 송용호
교　정 조준경

펴낸곳 도서출판 책과나무
출판등록 제2012-000376
주소 서울특별시 마포구 방울내로 79 이노빌딩 302호
대표전화 02.372.1537　팩스 02.372.1538
이메일 booknamu2007@naver.com
홈페이지 www.booknamu.com
ISBN 979-11-6752-474-4 (03800)

* "본 도서는 작가의 요청에 따라 BBS불교방송 만공회 사옥건립 후원금으
  로 전액 기부됩니다."

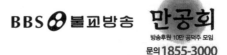

BBS📀불교방송 **만공회**
방송후원 10만 공덕주 모임
문의 1855-3000

권영모 지음

오늘 나를 위로하고 있다

책과나무

시간의 가르침

먼 여행인 줄만 알고 왔습니다
시간마다 너무 생소했던 날들이었기에
그날그날의 호기심, 새로운 기대만으로
그 많은 시간을 떠나보내고서야
아쉬움으로 남는지 그때는 생각조차 못 하고
이제야 후회처럼 내게 다가오고야 말았습니다
행복, 사랑, 언제나 내 곁에만
머물러 줄 거라는 망상(妄想)으로
시간의 가르침이 이제야 내게…
그래도 후회스럽지 못한 시간은
당신과 함께할 수 있었기에 가능한 행복이었습니다

아직 다가올 시간은 많아 보여도
당신과 또한 당신들과 함께 가야 하기 때문에
또한 시간이 가르쳐 준 가르침을 골라 가슴에 담고

함께 떠날 수 있어 설레는 마음으로 또 떠나야 합니다

내 마음이 가는 대로 내 발길 떨어지는 대로

사랑을 구걸하지 않겠습니다

그리우면 찾아 나서는 시간으로

거추장스럽지 않은 나를 만들며

시간을 내 수족 같은, 당신 또한 당신의 수족이 되어

어디인지 모를 미지의 시간을 보내고 왔다면

이젠 언제 또 헤어짐이 내게 찾아온다 해도

슬퍼하거나 후회하지 않겠습니다

오래되어 헌옷처럼 낡아 있어도

내 마음속에 내게 행복이라면

당신의 얼어 버린 가슴을 녹이고

넘어야 할 시간이 또 기다릴지 모르지만 행복합니다

당신에게 감사하다고 말할 수 있기에…

2부 한 걸음씩 쉼표를 달고

4부　　내일은 언제나 오늘로 다가서고

1부

조금씩 그렇게
물들어 가다

가을바람에

바람에 밀려온 낙엽이
풍경을 흔들어 깨웁니다

청아한 소리가 경내에 퍼져 흐르고
여행을 떠나는 낙엽은
저마다 분주히 준비를 합니다

나도
떠나고 있습니다

여름내 햇살을 지키던 樓閣(누각)은
구석마다 모여 앉은 낙엽에 자리를 내주고
흩어져 떠나는 구름을 바라보고 있습니다

어디에 서 있는지
한참을 생각하고서야
낙엽 위에 앉았습니다

떠나는 모습은 언제나
나를 울리고 갑니다

내 마음은 아직 봄날인데

차창을 두드리고 있다
바람에 밀려온 가을비

출근길 깊은 생각에 잠길 듯 말 듯
두 귀에 꽂아 둔 리듬에 취해
여행을 떠나고 있는데

수많은 차량, 인파는
눈빛 하나 나누지 않고
수레바퀴인 양 돌아가고 있다

내 가슴은 외로움에
추억 여행을 떠나는데

저 낙엽은 빗물에 젖어

떠나던 발길 멈춰 선 채로

날 바라보고 있다

너도 가을처럼 보인다고

내 마음은 아직 봄날인데

그 그리움조차

안개가 떠가는 중
내 가슴에 눈물을 주고 떠나갔다
허무하게 말라 버렸던 가슴에

까맣게 잊고 살았던
가슴속의 추억이
이슬을 먹고 피어오른다

아파도 아파하지 못했던
사랑해도 사랑하지 못했던
그 그리움조차

나뭇잎의 꿈

깊은 밤 별을 세다 잠에 들고
떠나가는 뭉게구름 무임승차로
그리운 임을 찾는 여행을 떠나기도
모진 풍랑에도 그 꿈을 위해 포기하지 못했던

가을이 되면 색동옷으로 갈아입고
저 먼 창공 밤하늘마다 꿈꾸던 그 별에게 갈래요
춤을 추면서

밤하늘 모두 잠든 날마다
내게 윙크하며 손짓하던 그 별을 향해
고운 치장을 하고 있는 중이에요

더 세찬 가을바람이 불어오면
아쉬움을 더 기다리다 떠나겠다는

물들어 가다

추석이 이틀 앞으로
가을 태풍은 가을 하늘을 밀어내고
오던 길 따라 올라와 떠나가고 있다

덜 익은 나뭇잎
군데군데 벌레 먹은 상처대로 물들어 가고

내 모습도
태풍엔 아직 상처 없이 살고 있어도
벌레 먹은 나뭇잎처럼
조금씩 그렇게 물들어 가고 있다

왜
후회도 없는지
또한 욕심도 없어
그저 한번 휘몰아치고 떠나 버린
뒷날의 평온함

이제
나 없어도
잠시는 그리워할 수 있겠지만
원망은 없을 거 같아서

그러나
이런 생각이 걱정이란 뜻이겠지
의료보험공단의 양성이란 카톡 한 줄에…

노을에 취해

노을에 취해
붉게 물들어 가는
아무의 간섭도 없이

그러다 울고 말았다
그리움으로 울컥 다가온 지난날에

그러나
떠오르는 태양을 원망해 보지 않았다
저렇게 또 노을로 마감하는 날들이기에

하얀 머리를
내일은 노랗게
모레는 빨갛게
물들이는 꿈속에 살아가고 있다
그래서 더 좋다

오늘도

저 노을에 감사 기도를 드린다

11월의 아침

하루를 시작하려는데
11월의 아침은 늦잠을 자고 있다

어젯밤 불어온 차가운 바람에
흔들어 내려앉은 나뭇잎만
오늘을 재촉하는 내 발걸음에 채이고 있다

어제는
알록달록 나름대로 모양을 내던
언제 그랬냐는 모습으로
나도 그렇다

너는
내년 가을이면 또 그 모습으로
날 바라봐 줄 텐데

나는

그리움으로

또 다른 가을을 맞이할지 모른다

그래서

떠나가는 네 모습이

내 가슴에 더 다가오는지

사랑할 날이 하루가 줄어드는

이 아침이 미워진다

가을비에

영혼은 별, 달을 찾아 떠나고 없는데
하얀 구름에 길 잃은 영혼
날 찾아 헤매고 있는 밤

육신은 영혼의 버림에
먼 구름 빈틈 사이 먼 하늘만 바라보고

바람의 움직임에 떠나려는 가슴들
빗줄기는 떠나는 낙엽마저 잡고 있다

가을바람 가을비는 또 이렇게
날 흔들고 있다
밤은 이렇게 깨어나고 있는 중인데

겨울비 내리는 새벽 출근길에

나 오늘 새벽길
기분이 최고였어

낙엽 되어 떠난 그 자리마다
보석되어 자리한 트리를
눈으로 선물 받았거든

공주 1

마음 둘 곳 하나 없는 황폐한 마음을
계룡산이 쉬어 가라 쉬어 가라
공산성 끼고 돌아 흘러가는
금강의 곰나루 포구는
황폐해진 마음을 씻어라 씻어라

백제의 그 숨결 고고한 흔적마다
옛 향기 그대로 날 오라 하는데
내가 나에게 다하지 못했던 아련한 추억
각인됐던 사랑과 상처
멈칫멈칫 저 하늘 아래 공주를 바라본다

아픔보다야 사랑이 가득했던
공산성 누각마다 떠오르는 추억이
세월의 두께처럼 벗들의 그리움이 쌓여 있고

그 그리움이 아픔으로 남아 있어도

고요한 그리움으로 더 다가오는 공주

공주 2

바람을 막아서듯
병풍을 둘러놓듯 그곳이 공주
저녁 6시만 돼도 정적이 감도는
조용한 고을 백제의 고도

오래된 산사 갑사의 풍경 소리
늘그막이라도 푹 눌러앉고 싶은 마곡사의 편안함

비포장도로 흙먼지 흩날리며
짐짝처럼 궁둥이를 흔들어 태우던 완행버스
더러 서울 가는 직행버스 타는 날에는
마음은 그 따스함에 용산으로 달려갔었지

금강의 철곳길
까만 교복들 가득 메우고
까까머리 촌놈들 그리움으로 다가서네

그 기다림

가을바람이 불어올 때면
그리움은 쌓여만 가는데
내 마음속엔 낙엽 되어
그리운 얼굴들만
새겨져 맴돌고 있다

기다림
아직 여름은 다 떠나지 않았다
그 가을날 영혼은 떠나보내고 육신만 남아
아무런 생각 없이 쓸쓸히 낙엽을 밟던

지금 나도 지쳐 가나 보다
내 마음속에 그리던 그날들을
아마 그 그리움 또 그 낙엽에 떠나보내고
혼자 돌아서서 눈물만 흘릴 텐데…

나는 죽었다

어젯밤 꿈에서 깨어나질 못하고 있는데
내게 다가와 올봄에 헤어진 이불을 건네 온다
이제 떠난다고

나는 죽었다
창밖에 불어 가는 차가운 바람
그 뜨겁던 여름은 그렇게 말하고 떠나 버렸다

나는 죽었다
그렇게 떠나면서 내 귓가에 다가와
내년엔 더 뜨겁게 찾아온다고 기대하란다
협박 아닌 협박을 하고 어젯밤 떠나 버렸다

내년이면 새 단장을 하고

그렇게 내 곁에 다가서겠지만

나는 올여름의 그 혈기보다

조금은 덜 뜨거운 나로

널 맞이할지 모른다

그래도

여름아 아쉬운 건

내 마음에 담고 있다

낙엽

차가운 바람에
밤을 새워 겹겹이 쌓아 놓았네

어제보다 더 헐벗은 자연
그 낙엽을 밟으며 출근을 한다
하늘엔 가을이다 이렇게 쓰여 있다

세월을 이길 수 없지
바스락 바스락 즐기며 걸어가고 있는데

오늘 출근길 버스는 새파란 새 차다
내 마음 자연 따라 낙엽 되었었는데
오늘 내 마음 또한 육신도
새 걸로 바꾸는 중이다

내게로의 초대

어둠은 아직 깨어나기를 멈칫거리고
네온에 스치는 덜 익은 첫눈
꿈속에서 식어 가던 날 깨우고 있다

가을도 떠나기를 거부했던 어젯밤
기온이 뚝 떨어져서야 겨울인 줄 알았나 보다

자꾸만 내리막처럼 가라앉았던 가슴
첫눈에 화들짝 젊음을 부르고 있다

아파트 지붕 위 하얗게 덮고
네온 아래 흩날리는 첫눈에 설렘
오늘 마음은 어릴 적 그 기분
제대로 된 초대장이었다

어제는 겨울비가

11월의 비가 어제는 내리고 있었어
마지막 아무 기력 없이 매달리듯 버티던 나뭇잎
그 작은 이슬비에도 힘이 겨웠던지
마지막 버티던 힘마저 내려놓은 모습 되어 나뒹굴고
자연의 순리 되는 그런 날의 겨울비가 되었네

먼저 내려놓은 삶을 다한 나뭇잎은
잿빛의 모습으로 자연 속에 스며들고 있고
나뭇잎에 낄 수 없는 낙엽송
그 잎마다 쌓이고 쌓여 노란 양탄자길

이미 마음은 동심, 시심
그 위에 누워 보니 하늘이 보인다
파랗고 싸늘한 겨울 하늘

그래도 마음은

등댄 낙엽송 잎 양탄자에

여행을 떠나고 있다

첫눈

어둠은 떠나지 못하여
네온이 오가는 이를 안내하는
새벽 출근길

네온 아래 반짝이며 춤을 추는
첫눈이 내린다

아직도
가슴은 식지 않았는지
내리는 첫눈의 설렘
두 손 크게 벌리고 뛰어 보고 싶다

그러나
왜 주위를 돌아보게 되는지
하얗게 익어 버린 내 모습이
자신이 없나 보다

이젠

돌이킬 수 없나 보다

마음은 언제나 그 자리인데

그래도 하늘 향해 뛰고 있다

첫눈이 내리는 새벽 출근길

태풍이 떠난 자리

이슬비가
가슴까지 스며드는 고요
가슴을 쓸어내리는 안도
지나간 뒷모습을 바라보는데
자연 앞에 무기력한 초라함

그래서
떠난 그 모습이 커 보이는데
왜 우리는 늘 큰소리를 치는지
보잘것없는 미물로 비쳐진 것들뿐

그래도
남겨 놓고 떠나간 것은 가을이었어
목이 쉬어라 울고 있던 매미
이제 더 울고 싶어도
가을바람이 데리고 떠나겠지

이미

가슴엔 형형색색의 다른 모습의 낙엽 쌓여 가고

작은 가방 달랑 멘 나는

이미 여행을 떠나고 있다

그래도

목이 쉰 매미는 여름을 달래고 있네

2부

한 걸음씩
쉼표를 달고

나 오늘

늙어 간다는 것이
이토록 아름다운 것을
난 또 다른 내일을 기대하며 살아간다

내가
가지고 있던 것들
그것이 누군가의 눈에 보이든 말든
남겨 놓을 수 있는 기쁨까지

그래서 좋다
숨넘어가듯 뛰어도 나를 찾지 못했던
피 끓어오르던 그날들
떠나보내고 돌아서니 흔적조차 찾을 수 없었다

오늘

여행을 떠난다

내 발길 떨어지는 곳을 누구와 상의도 없이

오늘 붓을 잡는다

내 영혼과의 교감을 위해

나는 누구인가 1

화선지를 보면
붓을 잡고 싶다

돌을 보면
전각도를 꺼내 든다

파란 하늘의 뭉게구름을 보면
가슴에 시를 써 내려간다

하얀 캔버스를 보면
물감을 뿌려 본다

난 작가가 아니다
그냥 이렇게 살고 있을 뿐

시간만 죽이는 어느 식충으로
그렇게 즐기며

나는 누구인가 2

효도를 해서
효자상 하나 받아 든 적 없다

아내를 사랑해서
나 없음 죽는단 소리 들은 적 없다
(더러는 사람이 왜 그러냐고 한다 난 사람도 아니다)

우리 형제 돈독한 정 없는지
가족 여행 한번 못 가봤다

자식들 풍족하게 못해 줘서
우리 아빠 최고란 말 못 들어 봤다

나는 누구인가?

나는 누구인가 3

부러워하고 있다

초록빛 옷으로 단장을 하고

푸른 하늘을 보며 하늘을 닮은

푸른 옷으로 치장을 하던 네가

붉은 노을을 따라

활활 타오르는 모습으로 태우다

쓸쓸히 떠나는 모습에 난 더 서글퍼 온다

타오르던 혈기도

생각은 늘 생각으로 머물러 있고

육신마저 저 노을과 함께 떠나가고 있다

하얀 겨울이 떠나고 나면

넌 또 초록빛 단장으로 돌아오고 말지만

그저 부러운 눈으로 바라보는

나는 누구인가

아 그래도

아직 뜨거운 가슴이 뛰고 있다

각을 세우며

외발로는 갈 수 없는데
사사로움에도 나 스스로
각을 세우며 살아간다

믿으며 의지하면 반으로 줄어드는 수고로움
내 역할은 미미할 뿐인데
늘 내가 다 해 버린 것처럼
보이지 않는 역할을 무시하려 든다
아니지 하면서도 상처로 남을

또한 그 아픔을 생각지도 않고
매일 반복됨을
나 자신을 원망도 하지 않고…

태양이 깨우기 전까지

꿈을 꾸던 그리움은 떠나고 없어
그나마 그 여운은 메아리처럼 울리고 있다
어젯밤은 네가 날 달래 줬듯이
오늘은 내가 나를 달래며 가는 중이다

네 품에 안기어
깨어날 기력도 없이
긴 밤을 채우고 간 것처럼

오늘 밤도 이렇게
네 품에 또 잠들어 간다
저 태양이 깨우기 전까지

저 하늘에

노을이 물들고서야
그림을 그렸습니다

한 걸음
또 한 걸음
난 세상에 발 도장을 찍고

누군가에겐
내가 눈도장을 찍히고 있겠지
아름답든 혹은 아프든

또한
누군가에겐 남았을
상처, 행복

그러나 내 소망은

아름다운 추억이면 좋겠습니다

사랑과 상처는

크나큰 차이가 있지만

이렇게 붉게 물들어 가는 노을을 대하고서야

나의 기억에서 사라진 무심한 사연

이렇게 그 아픔을 저 하늘에 그리고 있습니다

이젠 사랑할 수 있습니다

이젠 가슴으로 용서도 빌겠습니다

똑같은 변명

어둠이 내려와 막아서기에
오늘이 떠나 버린 줄 알았어

쉬어 쉬어
귓전으로 들리는 메아리
날 잊어버리고 살아온 날이 막아선 거지

아직은 아니라고
똑같은 변명으로 일관하고 있지만

이제 돌아가야지
죽는다는 것은 아니야
죽음이란 운명에 맡길 뿐
천천히 빙빙 돌아가겠다는 거야

한 번씩 뒤도 돌아보고
또 가야 할 길 그려도 보고

이왕이면
지금보다
더 좋은 친구와
또한 더 사랑할 시간을 만들어 가면서

그래
이만큼이면 됐지

아마도
그것이 행복 아닐까

나를 버리다

노을을 보다가
가슴에 묻혀 있던 낡은 편지를 읽게 되었다
나는 누구고 나로 살아가는 중인지

지나간 흔적 돌아보니
얼마나 추운 날들이었는지

두리번거린다
나름의 나로 살아가려던 날
순수하려 몸부림치던
세상은 나를 비웃고 있었지만

그래도
돌아서고 싶다
또 똑같은 시간이 내게 주어진다 해도

나를 버릴 수 있었던 그날들처럼

또 나를 버릴 수 있겠다

그게 나였고 나이기에

아직도 모두를, 오늘을

아름다운 생각을

작은 두뇌에 담아 두려

작은 두 눈을 부릅뜨듯 뜨고 살았습니다

두 귀는

좋은 소리만 골라 담으려

쫑긋쫑긋 세우며 살았습니다

가슴은 여름날의 태양보다

더 뜨겁게 더 아름답게 행하려 살았습니다

비록 소나기처럼 내리는 빗줄기에

남 모르게 눈물 흘리며 가슴을 달래고 달랬습니다

그러나

내가 꿈꾸던 그 모습의 전부는 아닐지 몰라도

아직도 모두를 사랑할 수 있어서

오늘을 좋아합니다

쉼표를 달고

푸른 언덕을
이젠 어둡도록 짙어진
늘 푸를 것만 같았던 날들은
서서히 곁에서 멀어져 가고
뜨거운 태양에 지쳐 버린 자연도
나와 별다름이 없다

너무 많이 왔어
그래 조금씩 한 걸음씩 쉼표를 달고
조금은 돌아갈 줄도 아는
세월이야 뛰어가든 말든 난 아니지

저 세월이

가자고 자꾸만 서두르지만

난 더 돌고 더 나태한 모습으로

더 누리겠다는 거야

넌 너무 빨라서

오늘 나를 위로하고 있다

누가 그런 짓을
난 모른다
나를 가둬 놓고 바라본 이들을
꺼내 달라고 말하려 하지 않았기에

수많은 시간과의 다툼
스스로를 채찍하며 살아왔던 날
창살은 내 마음에 내가 만들고

조금씩
이해하려 내가 나를 설득했던
그렇게 여기까지 왔어
그래서
지금은 내가 나한테 제일 미안해

이젠

그 수레를 내려놓는 연습 중

그래도 아쉬움으로 남는 건 현실

고생했어

나는 오늘 나를 위로하고 있다

술 잠 1

그날은 낙엽이 유난히 많이 떨어져 있었어
밤사이 내린 그 가을비에
바람이 창을 두드리고 붉은 노을이 막 피어오르고
있었지
창밖엔 날 유혹하는 그리움이 뚝뚝 떨어져 유혹을
하고

빨려 나가듯 걸음을 재촉하고 말았지
어느 영혼의 홀림처럼
어디인지 낯설은 낙엽만 수북이 쌓여 있고
주인은 간데없는 초라한 초가집엔
누렁이만 하품을 하고 있었어

주소도 번지도 없는 초라한 주막집

손님도 주인도 보이는 이 없고

구공탄만 힘없이 꺼져 가고 있었지

술 잠에 빠진 주모의 코 고는 소리에

흩어진 낙엽만 흩날리고 있다

술 잠 2

해 질 녘마다
또는 지쳐 있던 육신을 불러 주는 친구
그 다정하고 영혼까지 쉬게 해 주는

그에 취해서
찢어진 벽에 기대인 채 코를 골았어
얼마가 지났을까?
술 잠에 깨어난 그 영혼 산산이 부서져
흐트러진 머리처럼 마음도 그렇다

가슴에 쌓여 가던 숱한
아마 그 술 잠의 베개가 되었어도
내 마음에서 떠나 버린 시간에 감사하려 한다

난 그래서

오늘도 너를 취한 채로

술 잠에 빠져들고 있다

술 잠 3

해가 넘어갈 때면
불러 세우듯 날마다 부른다

모두 다는 아니겠지만
지친 영혼들과 친구가 돼 버린 너
너에 취해서 나는 쉴 수 있었고
깊은 잠을 불러 내일을 기약할 수 있었지

그래서
어제도 또한 오늘도
네가 있기에 삶 중에 꿈을 꿀 수 있는
네가 술 잠이야

너에 취해서

추억과 함께
그리움을 타 마셔 대던 시간은 떠나고
모두 엉켜 있던 시간은 잠시
뇌리에서 떠나보내고

영혼은 행복을 품고
흩어져 누워 버린 술병과 함께
코를 골고 있다

그래서 좋다
친구가 있어
너도 친구인 나를 버리지 마라

너에 반해서
너에 취해서

그런 친구

쉽다
내가 좋아하는 벗과
덜 좋아하는 안주라 해도 많이 먹고

비록 깊은 내용 없는 대화일지라도
기분 좋은 나눔에 웃고
아픔엔 함께 울고

더 취하면
손 한번 흔들고 헤어지고
아침엔 다 잊어버린다 해도
금방 잠이 들어 참 좋다

좋은 건 그냥 좋은 거지

무슨 이유가 있어

오란 말 없어도 불쑥 찾아와도

그런 친구가 난 좋다

더 따질 것도

더 바랄 것도 없잖아

떠나가는 중입니다

술잔에 음악이 흐르고 있습니다
창밖엔 장마의 빗소리가 창을 두드리고요
또한 작은 가슴엔 사랑이 흐르는 중입니다

아무것도 보이는 것 없는
눈을 감아 봅니다
사랑과 음악과 빗소리에 취해서

흐느낌 또한 강열함
내 가슴에 스며들다 떠나가는 중입니다
어디까지 가는지
감겨진 눈 사이로 흐르는 음율에
이 밤은 깊어만 갈 뿐

아침에 눈을 뜨면

이 감흥은 떠나고 잊을지 몰라도

이 아름다운 밤이 날 데리고

지금 떠나가는 중입니다

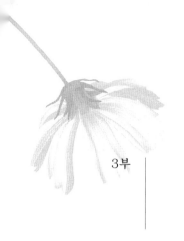

3부

그 언덕에
봄으로 남고 싶다

노을의 반기

꿈을 꾸듯 숨죽이며
큰 기쁨 아니어도 슬픔은 없기를
늘 기도하듯 살아가는 중

언제나 말없는 모습으로
곁에 그림자처럼 또한 또 다른 나처럼
그저 저 노을을 함께 바라보며
소용돌이 없는 그런

반기를 든다
아니다
안 된다
깜짝 놀란 토끼처럼 바라본다

그래도

표정 하나 없이 또

그냥 반기일 뿐

이래서

늙어 감을 실감하며

살아가는 중이다

봄날

차가운 장막에서
막 돌아서 왔는데
내 날개는 이미 먼 하늘을 날고 있다

삐죽 얼굴 내민 작은 생명들
눈이 부셔 향기를 내밀고

하얀 목련
또 하얀 그림자를 남기며
저리 떠나가고

나도 봄이 되어
또 아지랑이 꽃이 되어
그 언덕에 봄으로 남고 싶다

떠나라 하네

핏기 없는 모습
간신히 매달려 있는데
겨울비는 떠나라 하네

비록 폭력적이진 않은 겨울 이슬비
견디기 힘들어 떠나가는 날

넌 내년 봄이면
또 다른 모습의
푸른 새싹으로 피어날 수 있지만

난
내년 봄이면 주름 하나 더 긋고
널 바라보고 있을 거야

아마 오늘보다 더
웃는 모습으로 말이지

너 떠나보낼 때

덥다
맑은 하늘에 대고
너 여름이구나
이렇게 말했다

가라고는 하지 않았어
그러나 그렇게 변하고 떠나간다

며칠 지나면 나부터 잊고 살아가지
그리고 널 탓하지

더위는 그해 여름처럼
또 즐기면 되는 거고
난 또 다른 나로 포장하면 되는 거지

봄

난 아직 봄에서 깨어나지 못했는데

안녕…

봄비에

눈은 호사를 다 누리지 못했는데
떠나가고 있다

바람은 흔들어 대고
무겁게만 느껴지는 빗방울은
자꾸만 꽃잎을 때린다

아직 가슴에 다 담지 못했는데
이미 떨어진 꽃잎은 꽃길을 만들고 있다

어제
그 새까만 도로의 싸늘함도
한 잎 한 잎 수를 놓았다

비는

차창에 지금도 내리고 있다

가슴에 남겨 놓고

눈에선 떠나고 있다

나도 봄을 보았네

봄에 잉태해
가을을 맞이하듯
이 몸도 어느덧 가을이 다가오고

푸른 섬 제주에서
봄을 보았어
살아오면서 맞아 온 풍랑도 보았고
손익(損益) 없이 노닐던
어린 시절 봄을 보았어

또 다른 봄은
늘 우리 곁에 찾아오듯이
항상 봄날 같은 벗으로 남았으면

시간

오랜 시간 함께해 줄 것 같았던
그 여린 꽃은 바람이 앗아가 온데간데없고
싱그럽던 풀잎 향기마저
어느 날 내 곁을 떠나가고 있네

일찍 떠오른 태양 아래
운무처럼 피어 있는 산업의 유물
아침 출근길 가슴에 스며든다

시간은 말없이 다가와
흔적조차 없이 떠나가는데
가슴에 남아 있는 작은 그리움은
여전히 그 자리에 멈추어 있고

오늘도 또 다른 오늘로
내 곁을 맴돌고 있네

그해 여름

왜 그랬을까
혼자서 낚시 가방만 메고 떠났던

아무도 없었다
하염없이 달려드는 모기뿐

밤은 깊어 가고
이슬처럼 피어오르는 물안개
가방을 뒤척인다 보물찾기를 하듯

밤하늘의 별들은 마음을 훔쳐 가고
초롱불 빛 하나 보이지 않는 밤
반딧불이마저 잠을 청하는지 떠나고 없다
술잔에 떠오르는 것은 외로움

지금도

외로움은 내 곁을 못 떠나고 있다

그날 밤 고요한 그 호수에 두고 올 것을

여름날의 일기

봄이 간다고 눈인사를 하네
하얀 꽃 노란 꽃 형형색색
내 가슴 봄비 따라 피어났던

짧은 여행인 줄 알았어
오다 보니 그리 가까운 길은 아닌 거 같아

아쉬움으로 남는 향기로 맴돌고
어떤 날은 지우고
어떤 날은 영원하기를
그래도 여기까지 온 것은 행복 아닐까

하고 싶어도 다 하지 못하고

내면과의 긴 다툼들

이젠 내면과의 충돌을 줄이고

나름 뒤돌아서 웃으면 됐어

뭘 더 바래

내일 또 태양은 뜨는데…

장마는 멈칫거리고

가로막고 서 있습니다
장맛비가 남긴 여운이

바람은 어디론지 떠나고
자욱한 그림자만 맴돌고 있는 아침입니다

안개의 자욱한 미지의 무덤
한 사람 한 사람을 집어삼키는 오솔길
내 마음속 깊은 곳까지 비워 버리고

어제의 우울하고 잊고 싶었던
사사로움까지 다 끌어안았다
이 무덤에 덮고 잊기 위해서

사랑하는 당신도
마음속 무거운 짐이 있다면…

뜨거워서 좋다

차갑게 식어 가려던
그늘진 가슴에 뜨겁게 달아오른
6월의 때 이른 태양이
다시 날 깨우는 날이다

다시 날자
뜨거운 청춘으로
그러나 태양의 이글거림에 얼굴만 내밀고
사무실 한 귀퉁이 에어컨 바람으로
청춘을 다시 식히고 있는 중이다

누가 뭐라 하든
내 마음은 아직도
불타는 청춘이다

어느 여름날의 휴가지에서

어스름한 밤
강릉의 바닷가에서
하룻밤을 채우기 위해
지루했던 날 지우려고 달려왔는데
이젠 몸이 더 천 근이다

그래도
오늘 밤은 가슴에
작은 모닥불이라도 지피고 육신을 재우려
그 고약한 술을 한 잔 또 한 잔
그렇게 채우고 있다

일상에서의 세뇌가 돼 버린 영혼은
해도 뜨기 전 육신을 깨우고 말았다

두 눈두덩엔 복이 붙어 있다

작은 포구의 부름에

선잠에서 알코올에서 벗어나지 못한 육신은

비틀대며 기웃거리고 있다

포구의 경매 소리에

작은 어선은 쉼 없이 오가고

내 작은 입마저 횟감에 놀라 다시 깨어나고

이른 아침 뜨는 해도 아직 자리를 못 잡았는데

삶의 시간이

파도의 등을 타고
곡예사가 외줄 위에서 춤을 추듯
야생마처럼 살아갈 수 있었던 신축년도
아니 또 다른 날들도 그렇게 저물어 가고

야생마의 등에 올라 어디로 튈지 몰라
멀미하듯 보내온 시간이
늘 아쉬움은 무슨 의미일까?

초라한 모습에 덧칠을 하고
또는 가면을 쓰고 살아왔다면
나는 언제든 그 가면을 벗고 싶었지

그래서 세상이
더 힘들고
더 나를 화나게 했을지 몰라도

오늘 또 아무런 일 없이

이렇게 해는 서산으로 떠나고 있다

또 한 해가 멀쩡히 지고 있다

삶의 아쉬움

태양은 뉘엿뉘엿 수평선 아래로 내려앉아
그림자 가슴에 다가와
조급함처럼 그 외로움에 초조해지는데

그래도 아쉬운 것은 다하지 못한 사랑이었지
태양은 또 다가서겠지만
오늘 이 아쉬움은 지울 수 없네

꽃 피려 산통하는 초봄에

아름답게

작은 두뇌에 담으려

작은 두 눈을 부릅뜨듯 살려 하네

두 귀에 아름다운 소리만 담으려

쫑긋쫑긋 세우며 살려 하네

7, 8월의 날보다 더 뜨거운

가슴으로 살려 하네

그러나

흐르는 빗줄기에 가슴을 묻고

그 눈물을 삭혀 가며 살아온 날이

더 아름다운 날로 나에게 남았습니다

오솔길에서

오솔길 중간을 넘어서고서야
지난 시간을 바라보게 됐어

얼마나 더 올라가야 되는지 난 몰라
힘든 거 모르고 살아오고 뒤돌아보는데

다시 내려갈 수 없어
괜히 눈물이 흐른다

그래
몸은 어차피 이렇게 올라가고
마음은 그때 그곳으로 가자

그러면

너 젊어 좋아

나 너 보며 행복하면 되잖아

지금 이 자리 꽃자리로

외로운 날에는

이런 글을 쓰고 싶다

음악을 타고 바람에 실려 떠나고
어둠이 내리기 전
미풍에 출렁이는 호수에 앉아
이웃하고 있는 철새와 이야기를 나누고 싶다

하루를 또는 살아온 날을
하늘을 보며 말하고 싶다
그때는 그래서 외로웠고
지금은 이런 내가 외롭다고
내가 나에게 삶을 말하고 싶다

바람도 가던 길 멈추어 서고

어둠이 깊어지면

별들에게 귓말을 하고 싶다

내가 살아온 날을 기억하고 있는 너에게

수없이 많은 부끄러운 날

그래도 잘 버티어 준 나

그래서 내가 더 외롭다

저 노을이 내게

막연히 그렇게 생각했지

검던 머리가 어쩌다 백발이
흰 수염을 길게 기르고 낙엽을 밟는 것

세상이
나도 모르게 변하고 또 변했어
다가와 맞이하다 보니
스스로를 위해 갖춰야 할 것들이
너무 많아 혼란스럽고
나 스스로 날 찾지 못하면 깊음은 떠나 버리고

말도 행동도

가진 건 내줘야 하고

작은 행동도 사랑으로 맞이하는 것처럼

나를 더 내려놔야 한다 하네요

저 노을이 내게

잊어버리고 싶은 날

아프면 아프다고
말할 수 있으면 아픈 것이 아니야

이미 하얗게 지워진 날
기억조차 없는 시간
걸어온 동선마저 모르는

그런 시간이 있었다는 거
누구나 한 번은
진짜 아픔이었을지 모르지

표현도, 감정도
속으로 다 감추고 버티던
그랬기에 오늘이 다가섰는지

어쩌면 지금

그 아픔이 더 강하고 탄탄하게 지탱하는지도

그러나 자신도 모르며 살아가는

삶의 한 모퉁이의 여정

날이 밝아 오면 또 다른 걱정에 머물다

봄날이 지나면 꽃잎처럼…

4부

내일은 언제나
오늘로 다가서고

그립거든

그대
그립거든 깊은 잠 청해 보구려
나도 거기에 있을 테니

나
그대가 그리울 때면
깊은 꿈속에서 그대와 함께 있으니

내 맘 한자리에

꽃은 봄에만 핀다고
그렇게 믿고 살아가는 중

오늘 웃고 있는 네가
나에겐 가장 아름다운 꽃이란 걸

이제야
그 화려한 꽃을 알아 가는 중인지
내 어리석음을 가슴에 새기는 중

이제 웃어 봐
그게 나에겐 꽃이야

나도 네게
그런 꽃이었음 좋겠다

당신 떠난 걸

당신 떠난 줄 몰랐습니다
떨어진 낙엽 낙엽을 띄우고서야 나는 알았습니다

변하지 않은 언제나 그냥 그 모습이었기에
또한 허물과 잘잘못을 탓하지 않았기에
늘 그 자리에 있는 줄 알았습니다

똑같은 자리
똑같은 모습
그것이 당신인 줄 착각하며 말입니다

오늘 아침 졸졸 흐르는 개울가에 앉아
낙엽을 띄우고서야
당신 마음도 떠나 버린 걸 알았습니다

너 아니었으면

멋진 남자였어
겉으로 보여 준 그것은 가식에 가까웠어
잘못 정제된 것이었지
누구에게도 말할 수 없는 수많은 허점

내면은 아니었지
그런 현실의 자신을 부끄러워했고
감추려 자신과의 내면의 충돌
외로우면 술에 의지하는 나약함

너 아니었음
난 누구였을까?
사랑을 배웠고 내면을 깨웠어
먼 하늘 바라보니 네가 더 좋다

그래서 오늘은 네 것인 거야

넌 내 가슴에 있었어

노을을 보다
잊은 줄 알았던 네가 내 가슴에
자리하고 있다는 걸 알았어
수많은 날을 웃는 척으로 살아왔지만
가슴엔 언제나 아픔으로 가득한 삶

그래도 저 노을이
너와 멀어진 날들마저 소환하고
주름진 얼굴에 잔 미소가 흐르는 중

잊어졌던 다 떨어진 일기장처럼
수북이 쌓인 먼지 틈 사이 네 얼굴과 미소도
그래서 가슴은 식어 버리지 않은가 봐
너도 그 가슴을 열어 보는 날이었음

뜨거운 것은

이슬이 식어
점점 하얀 서리꽃으로 피어나
내 가슴까지 식어 가는 날

그래도
식지 않고 뜨겁게 흐르는 것은
아름다운 작은 사랑이
함께 흐르는 중이기에

더 뜨거울 순 없지만
차갑게 불어오는 자연의 힘에도
널 사랑하기 때문인 거야

누가 원망하리

보라 여의도를
금배지 달고 건방을 떠는
원망도 못 한다
기권을 안 했으니

양대 지역의 그 고정표만 없었어도
우리는 행복했을 것을

이토록 당리당략 아니 지들 먹을거리만
연약한 이들은 꿈에서도 생각 안 한다
저 주둥이로만 위함뿐이지
없는 민심은 만들고 만들고

그래도

그 길을 외면하는 자 있던가

정의도 존경도 없는 바닥

내 작은 눈 씻고 봐도

존경할 자 한 놈도 없더라

안개가

비는 개었어
갈증에 목 타 하던 가슴마다는
말없이 미소로 뜨거운 태양을 바라본다

언제였던지
그저 아득하게만 느낌으로 올 뿐
내 삶의 봄날이었을

눈엔 안개가 끼어 온다
뜨거운 지열을 식혀 가면서
조금씩 삶의 시간을 지워 간다

아마 이 봄의 이날이

나에겐 가장 기쁜 날

내일을 꿈꾸지만

그 내일은 언제나 오늘로 다가서고

그래 오늘처럼만

불필요한 말

말없이
지금 그대로의 눈빛만 간직하고 있어도
당신은 충분히 존경받을 조건을 갖춘 사람

사랑한다 딱 한마디만 해도
당신은 모두에게 사랑받을 사람

엷은 미소만 보여 줘도
멋진 실버로 남을 수 있는 사람

그러나
사사로움까지 참견하고 반대하고
내 생각을 강요한다면

당신은 그 불필요한 한마디에
불필요한 사람으로 남을 수 있습니다

궤변

사랑스러운 것은
말문이 막혀 웃음으로 때우는 것

미운 것은
말이 안 되는 말을 늘어놓는 것

그래도
궤변으로 애쓰는 네 모습은
사랑스런 모습으로 남았으면 좋겠어

어머니

그 자리가
얼마나 힘들고 무거운 자리였는지
추워도 추워할 수 없고
더워도 덥다 할 수 없는 자리

말없이 터져 버릴 애간장을 태우셨던 날들
아픈 모습은 누구에게도 보이지 않고
날마다 그 모습 그 모습이었지만

어머님 떠나신 후에서야
그 마음 헤아리는 중입니다

사업에 실패한 자식의 가슴마저

덮어 주시려 그 자존심 다 버리시고

말없이 바라보다

떠난다는 한마디 못 남기고

어머님

어머님

여행 속의 시간 여행

여행을 갔습니다
지껄임에 귀는 먹먹해졌습니다
좀 다른 여행 시간 여행이었기에
봄 소풍 같은

맨 앞자리 아이
맨 뒷자리 아이
모두가 그날로 회귀 중이었기에

그만하라고
하는 이 없었습니다
그날의 교정으로 떠나갔기에

희끗희끗 주름살은
휴가를 보낸 듯싶습니다
초등학교 교정으로 모두가 자리했기에

역풍

그리움에 투정으로
화를 내며 돌아서 왔는데

외로움만
더
키우고 말았네

겨울 찬바람에
내 가슴만 싸늘하게
식어 가고 있다

의견과 반대

네 의견에 대해
내 생각엔 이렇게 하는 게 어떨까?
라고 의견을 낸다면
좋은 방향으로 토론 후 결론이 있을 텐데

나이테가 쌓여 갈수록
절충도 없다
무의식 중 반대
저 못된 정치판의 여당과 야당 같은

왜냐고?
그냥 말이 없다

오늘은 자꾸만
그리워 온다
그때 그 젊은 날이…

작아져 버린

하늘이 깨졌어
잘 정돈된 듯하던 자연을 역행한
인간이 만든 구조물들
허약한 모습의 흔적으로 남고 말았네

자연 앞엔 한없이 나약한 모래성
내가 만든 지하의 숱한 터널은 무덤이 되고
훼손한 자연은 원래의 모습으로 돌려보내는

더 겸손해야 했다
자연 앞에 무력으로 행하던 우리
이만큼 풍요로움을 받았으면
어차피 자연에 순응하고
자연으로 돌아가야 할 터

쪽배에서

꿈을 잔뜩 실고 통통배에
어망 가득 아니 만선을
그 꿈은 오래가지 못했고
무참히 깨졌지
어망 귀퉁이 두세 마리 작은 얼굴
"여긴 어디지?"

점차 거세지는 파도는
낚싯대를 잡을
아니 나를 지탱할 힘마저
점차 나는 무너져 내리고 말았을 뿐

더욱 신이 난 파도와 함께
생쥐 만들기에 바빠진 빗줄기
더욱 화내는 하늘
"날 우습게 보지 마라"

육지가 더욱 그리움으로 다가오고

그러나 승선은 나 혼자가 아닌

좌절과 나약함에 난 고개를 숙이고 말았다

그래서

더욱 행복한 이 땅을 알았다

오늘

푸른 언덕을 뛰어갔다

이제
어둡도록 짙어진 푸를 것만 같던 날들은
서서히 내 곁에서 멀어져 가고

뜨거운 태양처럼
내가 내게 메어 놨던 멍에도
조금씩 내려놔도 될 것 같은
가을날 같은 여정

너무 많이 왔어
그래 오늘처럼 천천히 갈 걸

아마 그 세월의 그 태양은
내 뜻과 생각은 아닌 의무였을 거야

세월이 날면 난 뛰고
세월이 뛰면 난 걸어갈게

모두에게 세월이
자꾸만 가자고 서두르고 보챈다 해도
난 더 나태한 모습으로 더 누리고 가겠다

그 말이야 넌 너무 빠르니까

행복

많은 것을 가지고
더 채우려 불행한 세상

아주 작은 소유와
기뻐할 줄 아는 나는
행복한 사람

오늘 내게 주어진
짧은 시간이 늘 아쉬움

그 아쉬움도 행복으로
내겐 다가오는 행복

내일 또 다른 시간이 다가서고 있기에

언제나 설레는 내 마음

지금 뭘 간직하는 일을 만들까

그 기대로 웃음이 가득한 행복